UNE

FABLE PAR SEMAINE

OU

CHOIX GRADUÉ DES MEILLEURES FABLES

DE

LA FONTAINE, FLORIAN, LE BAILLY, GUIRAUD, FÉNELON, etc,

A L'USAGE DES ENFANTS DE CINQ A HUIT ANS
QUI FRÉQUENTENT LES ÉCOLES PRIMAIRES

ANNOTÉES ET EXPLIQUÉES

Par Emm, GAVREL

Auteur de plusieurs Ouvrages classiques

SENLIS

LIBRAIRIE GÉNÉRALE DE D, GAVREL-LEDUC
5, PLACE DE LA HALLE

1866

Chaque exemplaire est revêtu de ma signature.

Extrait du Catalogue
DE LA LIBRAIRIE GÉNÉRALE DE D. GAVREL-LEDUC,
A SENLIS (OISE).

UNE FABLE PAR SEMAINE,

OU

CHOIX GRADUÉ DES MEILLEURES FABLES

DE

La Fontaine, Florian, le Bailly, Guiraud, etc.

1

LA RENONCULE ET L'ŒILLET.

La renoncule, un jour, dans un bouquet
Avec l'œillet se trouva réunie ;
Elle eut le lendemain le parfum de l'œillet.
On ne peut que gagner en bonne compagnie.

BÉRENGER.

2

L'ENFANT MIS SUR UNE TABLE.

Un enfant s'admirait, monté sur une table :
« Je suis grand, » disait-il. Quelqu'un lui répondit :
« Descendez, vous serez petit ! »

Quel est l'enfant de cette fable ?
Le riche qui s'enorgueillit.

BARBE.

3.

LE LIERRE ET LE ROSIER.

Un lierre, en serpentant au haut d'une muraille,
Voit un petit rosier et se rit de sa taille.
L'arbuste répond : « Apprends que sans appui
J'ai su m'élever par moi-même;
Mais toi, dont l'orgueil est extrême,
Tu ramperais encor sans le secours d'autrui. »

LE BAILLY.

4.

LES DEUX CHAUVES.

Un jour, deux chauves dans un coin
Virent briller certain morceau d'ivoire.
Chacun d'eux veut l'avoir; dispute et coups de poing.
Le vainqueur y perdit, comme vous pouvez croire,
Le peu de cheveux gris qui lui restaie... encor.
Un peigne était le beau trésor
Qu'il eut pour prix de sa victoire.

FLORIAN.

5.

JUPITER ET MINOS (1)

« Mon fils, disait un jour Jupiter à Minos,
Toi qui juges la race humaine,

(1) Jupiter était, chez les anciens, le dieu du ciel et de la terre.
Min était le juge intègre de tous les hommes après leur mort.

9

Explique-moi pourquoi l'enfer suffit à peine
Aux nombreux criminels que t'envoie Atropos (1).
Quel est de la vertu le fatal adversaire
Qui corrompt à ce point la faible humanité ? —
C'est, je crois, l'intérêt. — L'intérêt ? Non, mon père.
  — Et qu'est-ce donc ? — L'oisiveté. »

FLORIAN.

6.

LA CHENILLE.

Un jour, causant entre eux, différents animaux
  Louaient beaucoup le ver à soie.
« Quel talent, disaient-ils, cet insecte déploie
En composant ces fils si doux, si fins, si beaux,
  Qui de l'homme font la richesse ! »
Tous vantaient son travail, exaltaient son adresse.
Une chenille seule y trouvait des défauts,
Aux animaux surpris en faisait la critique,
  Disait des mais et puis des si
Un renard s'écria : « Messieurs, cela s'explique,
  C'est que madame file aussi. »

FLORIAN.

7.

LA DILIGENCE.

  Clic! clac! clic! holà! gare! gare!
    La foule se rangeait ;

(1) Atropos était une des trois Parques qui filaient et coupaient le fil de la vie des hommes.

Et chacun s'écriait :
« Peste ! quel tintamarre !
Quelle poussière ! ah ! c'est un grand seigneur !
— C'est un prince du sang ! — C'est un ambassadeur. »
La voiture s'arrête ; on accourt, on s'avance :
C'était... la diligence,
Et... personne dedans.

Du bruit, du vide, amis, voilà, je pense,
Le portrait de beaucoup de gens.

GAUDY,

8.

LA CIGALE ET LA FOURMI.

La cigale, ayant chanté
    Tout l'été,
Se trouva fort dépourvue
Quand la bise (1) fut venue :
Pas un seul petit morceau
De mouche ou de vermisseau (2).
Elle alla crier famine
Chez la fourmi sa voisine,
La priant de lui prêter
Quelques grains pour subsister
Jusqu'à la saison nouvelle.
« Je vous paierai, lui dit-elle,

(1) Bise, vent du nord. Il souffle principalement en hiver.
(2) Vermisseau, petit ver de terre.

Avant l'août, foi d'animal,
Intérêt et principal. »
La fourmi n'est pas prêteuse :
C'est là son moindre défaut.
« Que faisiez-vous au temps chaud ?
Dit-elle à cette emprunteuse.
— Je chantais, ne vous déplaise.
— Vous chantiez ! j'en suis fort aise ;
Eh bien ! dansez maintenant. »

LA FONTAINE.

LA GRENOUILLE ET LE BŒUF.

Une grenouille vit un bœuf
Qui lui sembla de belle taille.
Elle qui n'était pas grosse en tout comme un œuf,
Envieuse, s'étend, et s'enfle, et se travaille
Pour égaler l'animal en grosseur,
Disant : « Regardez bien, ma sœur,
Est-ce assez ? dites-moi ; n'y suis-je point encore ?
—Nenni.—M'y voici donc !—Point du tout.—M'y voilà ?
—Vous n'en approchez point.... » La chétive pécore (1)
S'enfla si bien, qu'elle creva.

Le monde est plein de gens qui ne sont pas plus sages :
Tout bourgeois veut bâtir comme les grands seigneurs ;
Tout petit prince a des ambassadeurs ;
Tout marquis veut avoir des pages.

LA FONTAINE.

(1) Pécore, animal, bête.

10.

LE CORBEAU ET LE RENARD.

Maître corbeau, sur un arbre perché,
   Tenait en son bec un fromage.
Maître renard, par l'odeur alléché,
   Lui tint à peu près ce langage :
   « Hé! bonjour, monsieur du corbeau,
Que vous êtes joli! que vous me semblez beau!
   Sans mentir, si votre ramage
   Se rapporte à votre plumage,
Vous êtes le phénix (1) des hôtes de ces bois. »
A ces mots, le corbeau ne se sent pas de joie,
   Et, pour montrer sa belle voix,
Il ouvre un large bec, laisse tomber sa proie ;
Le renard s'en saisit et dit : « Mon bon monsieur,
   Apprenez que tout flatteur
   Vit aux dépens de celui qui l'écoute :
Cette leçon vaut bien un fromage, sans doute?»
   Le corbeau, honteux et confus,
Jura, mais un peu tard, qu'on ne l'y prendrait plus.
                LA FONTAINE.

11.

LA BREBIS ET LE BUISSON.

   La pauvre brebis égarée,
   Qu'épouvante un orage affreux,

(1) Phénix, oiseau fabuleux, unique de son espèce.

Au fond d'un buisson épineux
Péniblement s'est retirée,
Quand il fallait sortir,..., quel nouvel embarras !
Elle aperçut à chaque pas
Sa belle toison déchirée ;
Et ne put échapper à ce péril nouveau
Qu'en y laissant et sa laine et sa peau.

Dans nos querelles intestines,
Sous l'abri de Thémis (1), plaideurs nous nous plaçons ;
Les tribunaux sont les buissons,
Les procureurs sont les épines.

FLORIAN.

12

LE SINGE ET LA NOIX

Le singe, autrefois,
Trouvant une noix
Encor recouverte
De l'écorce verte,
Et l'en dépouillant
Très-patiemment,
Dit : « Qu'elle est amère !
Mais consolons-nous :
Ce fruit qu'elle enserre
En sera plus doux. »

Jeunesse volage,
Méditez ceci

(1) Thémis, déesse de la justice chez les anci s.

L'étude, à votre âge,
Est amère aussi ;
Mais prenez courage,
Et, dans peu de temps,
Vous direz, je gage :
« Ses fruits sont charmants ! »

BLONDEAU.

13.

LE LION ET LE RAT.

Il faut, autant qu'on peut, obliger tout le monde ;
On a souvent besoin d'un plus petit que soi,
De cette vérité deux fables feront foi,
    Tant la chose en preuves abonde.
    Entre les pattes d'un lion
Un rat sortit de terre assez à l'étourdie,
Le roi des animaux, en cette occasion,
Montra ce qu'il était (1) et lui donna la vie.
    Ce bienfait ne fut pas perdu.
    Quelqu'un aurait-il jamais cru
    Qu'un lion d'un rat eût affaire ?
Cependant il advint qu'au sortir des forêts
    Ce lion fut pris dans des rets (2)
Dont ses gémissements ne le purent défaire.
Sire rat accourut et fit tant par ses dents
Qu'une maille rongée emporta tout l'ouvrage.

    Patience et longueur de temps
    Font plus que force ni que rage.

LA FONTAINE.

(1) Ce qu'il était, c'est-à-dire généreux.
(2) Rets, filets.

LA COLOMBE ET LA FOURMI.

L'autre exemple est tiré d'animaux plus petits.
Le long d'un clair ruisseau buvait une colombe,
Quand sur l'eau se penchant une fourmis (1) y tombe ;
Et dans cet océan (2) l'on eût vu la fourmis
S'efforcer, mais en vain, de regagner la rive,
La colombe aussitôt usa de charité :
Un brin d'herbe dans l'eau par elle étant jeté,
Ce fut un promontoire où la fourmis arrive.
    Elle se sauve. Et là-dessus
Passe un certain croquant (3) qui marchait les pieds nus ;
Ce croquant, par hasard, avait une arbalète.
    Dès qu'il vit l'oiseau de Vénus (4),
Il le croit en son pot, et déjà lui fait fête.
Tandis qu'à le tuer mon villageois s'apprête,
    La fourmis le pique au talon.
    Le vilain retourne la tête
La colombe l'entend, part et tire de long.
Le souper du croquant avec elle s'envole :
    Point de pigeon pour une obole.

LA FONTAINE.

(1) Fourmi s'écrivait indistinctement avec s, ou sans s, du temps de la Fontaine. Aujourd'hui il n'en faut plus.

(2) Océan. Ce mot est ici mis par hyperbole ; car pour nous ce n'est qu'un ruisseau ; mais pour la fourmi qui est immensément plus petite, c'est un océan. Il en est de même de *promontoire.*

(3) Croquant, paysan.

(4) L'oiseau de Vénus, la colombe, qui lui était dédiée.

15.

LE CHIEN ET LE CHAT.

Un chien vendu par son maître
Brisa sa chaîne et revint
Au logis qui le vit naître.
Jugez de ce qu'il devint,
Lorsque, pour prix de son zèle,
Il fut de cette maison
Reconduit par le bâton
Vers sa demeure nouvelle.
Un vieux chat, son compagnon,
Voyant sa surprise extrême,
En passant lui dit ce mot :
« Tu croyais donc, pauvre sot,
Que c'est pour nous qu'on nous aime !»

FLORIAN.

16.

L'ENFANT ET LE CHAT.

Tout en se promenant, un bambin déjeunait
De la galette qu'il tenait.
Attiré par l'odeur, un chat vient, le caresse,
Fait le gros dos, tourne et vers lui se dresse.
« Oh! le joli minet ! » Et le marmot charmé
Partage avec celui dont il se croit aimé.
Mais le flatteur à peine obtient ce qu'il désire,
Qu'au loin il se retire.
« Ah! ah! ce n'est pas moi, dit l'enfant consterné,
Que tu suivais : c'était mon déjeuner. »

GUICHARD.

17.

LE LOUP ET LA CIGOGNE.

Les loups mangent gloutonnement.
Un loup, donc, étant de frairie (1)
Se pressa, dit-on, tellement,
Qu'il en pensa perdre la vie :
Un os lui demeura bien avant au gosier.
De bonheur pour ce loup, qui ne pouvait crier,
Près de là passe une cigogne ;
Il lui fait un signe, elle accourt.
Voilà l'opératrice aussitôt en besogne.
Elle retire l'os ; puis, pour un si bon tour
Elle demande son salaire.
« Votre salaire ! dit le loup ;
Vous riez, ma bonne commère !
Quoi ! ce n'est pas encor beaucoup
D'avoir de mon gosier retiré votre cou !
Allez, vous êtes une ingrate !
Ne tombez jamais sous ma patte. »

LA FONTAINE.

18.

LE RENARD ET LE BUSTE.

Les grands, pour la plupart, sont masques de théâtre :
Leur apparence impose au vulgaire idolâtre.
L'âne n'en sait juger que par ce qu'il en voit ;

(1) De frairie, c'est-à-dire en fête.

Le renard, au contraire, à fond les examine,
Les tourne de tout sens ; et quand il s'aperçoit
    Que leur fait n'est que bonne mine,
Il leur applique un mot qu'un buste de héros
    Lui fit dire fort à propos.
C'était un buste creux et plus grand que nature.

LA FONTAINE.

19.

LE LABOUREUR ET SES ENFANTS.

    Travaillez, prenez de la peine :
    C'est le fonds qui manque le moins.
Un riche laboureur, sentant sa mort prochaine,
Fit venir ses enfants, leur parla sans témoins.
« Gardez-vous, leur dit-il, de vendre l'héritage
    Que nous ont laissé nos parents :
    Un trésor est caché dedans.
Je ne sais pas l'endroit ; mais un peu de courage
Vous le fera trouver : vous en viendrez à bout.
Remuez votre champ dès qu'on aura fait l'août,
Creusez, fouillez, béchez, ne laissez nulle place
    Où la main ne passe et repasse. »
Le père mort, les fils vous retournent le champ
De çà, de là, partout, si bien qu'au bout de l'an
    Il en rapporta davantage.
D'argent, point de caché. Mais le père fut sage
    De leur montrer, avant sa mort,
    Que le travail est un trésor.

LA FONTAINE.

20.
LA POULE AUX ŒUFS D'OR.

L'avarice perd tout en voulant tout gagner.
Je ne veux, pour le témoigner,
Que celui dont la poule, à ce que dit la fable,
Pondait tous les jours un œuf d'or.
Il crut que dans son corps elle avait un trésor ;
Il la tua, l'ouvrit, et la trouva semblable
A celles dont les œufs ne lui rapportaient rien,
S'étant lui-même ôté le plus beau de son bien.

Belle leçon pour les gens chiches (1) !
Pendant ces derniers temps, combien en a-t-on vus
Qui, du soir au matin, sont pauvres devenus
Pour vouloir trop tôt être riches !

LA FONTAINE.

21.
LA GUENON (2), LE SINGE ET LA NOIX.

Une jeune guenon cueillit
Une noix dans sa coque verte ;
Elle y porte la dent, fait la grimace. « Ah ! certe,
Dit-elle, ma mère mentit
Quand elle m'assura que les noix étaient bonnes.
Puis croyez aux discours de ces vieilles personnes ! »

(1) Chiche, avare.
(2) Guenon, femelle du singe.

Qui trompent la jeunesse ! Au diable soit le fruit ! »
Elle jette la noix. Un singe la ramasse,
  Vite entre deux cailloux la casse,
    L'épluche, la mange, et lui dit :
      « Votre mère eut raison, ma mie !
Les noix ont fort bon goût, mais il faut les ouvrir,
  Souvenez-vous qu'en dans la vie,
Sans un peu de travail on n'a point de plaisir. »

FLORIAN.

22

LA GUÊPE ET L'ABEILLE.

Dans le calice d'une fleur,
  La guêpe, un jour, voyant l'abeille
S'approche en l'appelant sa sœur.
Ce nom sonne mal à l'oreille
De l'insecte plein de fierté,
Qui lui répond : « Nous, sœurs ! ma mie (1) ;
Depuis quand cette parenté ?
  — Mais c'est depuis toute la vie,
Lui dit la guêpe avec courroux.
Considérez-moi ; je vous prie ;
J'ai des ailes tout comme vous,
Même taille, même corsage,
Et, s'il vous en faut davantage,
Nos dards sont aussi ressemblants.
  — Il est vrai, répliqua l'abeille ;

_____

(1) Ma mie, mon amie, mais plus familier encore.

Nous avons une arme pareille,
Mais pour des emplois différents :
La vôtre sert votre insolence,
La mienne repousse l'offense !
Vous provoquez, je me défends.

FLORIAN.

23

LE POT DE TERRE ET LE POT DE FER

Le pot de fer proposa
Au pot de terre un voyage.
Celui-ci s'en excusa,
Disant qu'il ferait que sage (1)
De garder le coin du feu :
Car il lui fallait si peu,
Si peu, que la moindre chose
De son débris serait cause ;
Il n'en reviendrait morceau.
« Pour vous, dit-il, dont la peau
Est plus dure que la mienne,
Je ne vois rien qui vous tienne.
— Nous vous mettrons à couvert,
Repartit le pot de fer :
S'il quelque matière dure
Vous menace d'aventure,
Entre deux je passerai,
Et du coup vous sauverai. »

(1) Qu'il ferait que sage, c'est-à-dire qu'il ferait sagement.

2

Cette offre le persuade.
Pot de fer son camarade
Se met droit à ses côtés.
Mes gens s'en vont à trois pieds
Clopin-clopant (1) comme ils peuvent,
L'un contre l'autre jetés
Au moindre hoquet (2) qu'ils treuvent (3).
Le pot de terre en souffre; il n'eut pas fait cent pas,
Que par son compagnon il fut mis en éclats,
Sans qu'il eût lieu de se plaindre.

Ne nous associons qu'avecque (4) nos égaux :
Ou bien il nous faudra craindre
Le destin d'un de ces pots.

LA FONTAINE.

24.

LE GLAND ET LA CITROUILLE.

Dieu fait bien ce qu'il fait. Sans en chercher la preuve
En tout cet univers, et l'aller parcourant,
Dans les citrouilles je la treuve.
Un villageois, considérant
Combien ce fruit est gros et sa tige menue :
« A quoi songeait, dit-il, l'Auteur de tout cela ?
Il a bien mal placé cette citrouille-là !
Eh! parbleu ! je l'aurais pendue

(1) Clopin-clopant, en marchant avec peine et en clochant.
(2) Hoquet, choc, encombre.
(3) Treuvent, vieux mot. On dit aujourd'hui trouvent.
(4) Avecque, pour avec. Cette licence n'est permise qu'en poésie.

A l'un des chênes que voilà ;
C'eût été justement l'affaire :
Tel fruit, tel arbre, pour bien faire.
C'est dommage, Garo (1), que tu n'es point entré
Au conseil de Celui (2) que prêche ton curé ;
Tout en eût été mieux ; car pourquoi, par exemple,
Le gland, qui n'est pas gros comme mon petit doigt,
Ne pend-il pas en cet endroit ?
Dieu s'est mépris. Plus je contemple
Ces fruits ainsi placés, plus il semble à Garo
Que l'on a fait un quiproquo (3). »
Cette réflexion embarrassant notre homme :
« On ne dort point, dit-il, quand on a tant d'esprit. »
Sous un chêne aussitôt il va prendre son somme.
Un gland tombe : le nez du dormeur en pâtit.
Il s'éveille, et, portant la main sur son visage,
Il trouve encor le gland pris aux poils du menton.
Son nez meurtri le force à changer de langage :
« Oh ! oh ! dit-il, je saigne ! Et que serait-ce donc
S'il fût tombé de l'arbre une masse plus lourde,
Et que ce gland eût été gourde (4) ?
Dieu ne l'a pas voulu : sans doute il eut raison ;
J'en vois bien à présent la cause. »
Et, louant Dieu de toute chose,
Garo retourne à la maison.

LA FONTAINE.

(1) Garo, nom plaisant que la Fontaine a donné au villageois.
(2) Au conseil de Celui, c'est-à-dire de Dieu, créateur de toutes choses.
(3) Quiproquo, erreur.
(4) Gourde, vieux mot. Il est ici mis pour citrouille.

25.

L'HUITRE ET LES PLAIDEURS.

Un jour, deux pèlerins sur le sable rencontrent
Une huître, que le flot y venait d'apporter :
Ils l'avalent des yeux, du doigt ils se la montrent ;
A l'égard de la dent il fallut contester.
L'un se baissait déjà pour ramasser la proie ;
L'autre le pousse, et dit : « Il est bon de savoir
    Qui de nous en aura la joie.
Celui qui le premier a pu l'apercevoir
En sera le gobeur ; l'autre le verra faire.
    — Si par là l'on juge l'affaire,
Reprit son compagnon, j'ai l'œil bon, Dieu merci.
    — Je ne l'ai pas mauvais aussi,
Dit l'autre ; et je l'ai vue avant vous, sur ma vie.
— Hé bien ! vous l'avez vue ; et moi je l'ai sentie. »
    Pendant tout ce bel incident,
Perrin Dandin (1) arrive ; ils le prennent pour juge,
Perrin, fort gravement, ouvre l'huître et la gruge (2),
    Nos deux messieurs le regardant.
Ce repas fait, il dit d'un ton de président ;
« Tenez, la cour vous donne à chacun une écaille
Sans dépens ; et qu'en paix chacun chez soi s'en aille. »

Mettez ce qu'il en coûte à plaider aujourd'hui ;

(1) Perrin Dandin, nom plaisant et bien trouvé.
(2) La gruge, la mange.

Comptez ce qu'il en reste à beaucoup de familles :
Vous verrez que Perrin tire l'argent à lui,
Et ne laisse aux plaideurs que le sac et les quilles (1).

LA FONTAINE.

26.
LES DEUX VOYAGEURS

Le compère Thomas (2) et son ami Lubin
Allaient à pied tous deux à la ville prochaine.
 Thomas trouve sur son chemin
 Une bourse de louis pleine ;
Il l'empoche aussitôt. Lubin d'un air content
 Lui dit : « Pour nous la bonne aubaine (3) !
 — Non, répond Thomas froidement,
Pour nous n'est pas bien dit ; *pour moi* c'est différent. »
Lubin ne souffle plus, mais en quittant la plaine
Ils trouvent des voleurs cachés au bois voisin.
 Thomas tremblant, et non sans cause,
Dit : « Nous sommes perdus ! — Non, lui répond Lubin,
Nous n'est pas le vrai mot ; mais *toi* c'est autre chose, »
Cela dit, il s'échappe à travers les taillis.
Immobile de peur, Thomas est bientôt pris :
 Il tire la bourse et la donne.

Qui ne songe qu'à soi quand sa fortune est bonne,
 Dans le malheur n'a point d'amis.

FLORIAN.

(1) Que le sac et les quilles, c'est-à-dire ne leur laisse rien, ou peu de chose.
(2) Compère Thomas, c'est-à-dire le rusé Thomas.
(3) La bonne aubaine, la bourse, l'or.

27

LE BOITEUX, LE BOSSU ET L'AVEUGLE.

« Me voilà vraiment bien loti (1)
Avec ma jambe en raccourci,
Clopin par là, clopin par ci !
Disait certain boiteux. Oh çà ! dame Nature,
N'attendez pas un grand merci,
Car je fais dans ce monde-ci
Une pénitence assez dure.
— Et ne suis-je pas, moi ! bien joliment bâti ?
Répondit un bossu passant par aventure.
Il faut, pour m'avoir fait ainsi,
Qu'on se soit trompé de mesure. »
Un aveugle, les entendant,
Tout aussitôt se mit à dire :
« Dussé-je aller toujours en clopinant,
Être bossu par derrière et devant,
Ah ! si j'avais un pauvre œil seulement,
Que leurs propos me feraient rire ! »

Tel se plaint d'être mal, qui serait bien content,
S'il songeait qu'on peut être pire.

FLORIAN.

(1) Loti, partagé.

28.

LE LOUP ET L'AGNEAU.

La raison du plus fort est toujours la meilleure :
Nous l'allons montrer tout à l'heure.

Un agneau se désaltérait
Dans le courant d'une onde pure.
Un loup survient à jeun, qui cherchait aventure,
Et que la faim en ces lieux attirait.
« Qui te rend si hardi de troubler mon breuvage ?
Dit cet animal plein de rage ;
Tu seras châtié de ta témérité.
— Sire, répond l'agneau, que Votre Majesté
Ne se mette pas en colère ;
Mais plutôt qu'elle considère
Que je me vas désaltérant
Dans le courant (1)
Plus de vingt pas au-dessous d'elle ;
Et que, par conséquent, en aucune façon
Je ne puis troubler sa boisson.
— Tu la troubles ! reprit cette bête cruelle ;
Et je sais que de moi tu médis l'an passé.
— Comment l'aurais-je fait, si je n'étais pas né ?
Reprit l'agneau ; je tette encor ma mère.
— Si ce n'est toi, c'est donc ton frère.
— Je n'en ai point. — C'est donc quelqu'un des tiens ;

(1) *Dans le courant*, dans le ruisseau, dans la rivière.

Car vous ne m'épargnez guère,
Vous, vos bergers et vos chiens ;
On me l'a dit, Il faut que je me venge. »
Là-dessus, au fond des forêts
Le loup l'emporte, et puis le mange,
Sans autre forme de procès.

LA FONTAINE.

29

LE RENARD ET LA CIGOGNE.

Compère le renard se mit un jour en frais,
Et retint à dîner commère la cigogne (1).
Le régal fut petit et sans beaucoup d'apprêts :
    Le galant, pour toute besogne (2),
Avait un brouet (3) clair ; il vivait chichement.
Ce brouet fut par lui servi sur une assiette :
La cigogne au long bec n'en put attraper miette,
Et le drôle eut lapé (4) le tout en un moment.
    Pour se venger de cette tromperie,
A quelque temps de là la cigogne le prie.
« Volontiers, lui dit-il ; car avec mes amis
    Je ne fais point cérémonie. »
    A l'heure dite il courut au logis

(1) *Compère* et *commère*, titres qui supposent une familiarité affectueuse.
(2) *Pour toute besogne*, pour tout mets.
(3) *Brouet*, bouillie.
(4) *Lapé*, avalé ; boire en tirant avec la langue.

De la cigogne son hôtesse,
Loua très-fort sa politesse,
Trouva le dîner cuit à point.
Bon appétit surtout ; renards n'en manquent point.
Il se réjouissait à l'odeur de la viande
Mise en menus morceaux, et qu'il croyait friande.
On servit, pour l'embarrasser,
En un vase à long col et d'étroite embouchure.
Le bec de la cigogne y pouvait bien passer,
Mais le museau du sire (1) était d'autre mesure.
Il lui fallut à jeun retourner au logis,
Honteux comme un renard qu'une poule aurait pris,
Serrant la queue et portant bas l'oreille.

Trompeurs, c'est pour vous que j'écris
Attendez-vous à la pareille.

LA FONTAINE.

30

LA MÈRE, L'ENFANT ET LES SARIGUES

« Maman, disait un jour à la plus tendre mère
Un enfant péruvien (2), sur ses genoux assis,
Quel est cet animal qui, dans cette bruyère,
Se promène avec ses petits ?
Il ressemble au renard. — Mon fils, répondit-elle,
Du sarigue c'est la femelle.

(1) Le museau du sire, de compère renard.
(2) Péruvien, qui est natif du Pérou.

Nulle mère pour ses enfants
N'eut jamais plus d'amour, plus de soins vigilants.
La nature a voulu seconder sa tendresse ;
Et lui fit près de l'estomac
Une poche profonde, une espèce de sac,
Où ses petits, quand un danger les presse,
Vont mettre à couvert leur faiblesse.
Fais du bruit ; tu verras ce qu'ils vont devenir.
L'enfant frappe des mains ; la sarigue attentive
Se dresse, et d'une voix plaintive,
Jette un cri ; les petits aussitôt d'accourir
Et de s'élancer vers leur mère,
En cherchant dans son sein leur retraite ordinaire.
La poche s'ouvre, les petits
En un moment y sont blottis ;
Ils disparaissent tous ; la mère avec vitesse
S'enfuit, emportant sa richesse.
La Péruvienne alors dit à l'enfant surpris :
« Si jamais le sort t'est contraire,
Souviens-toi du sarigue, imite-le, mon fils.
L'asile le plus sûr est le sein d'une mère. »

FLORIAN.

31

LA MORT ET LE BUCHERON

Un pauvre bûcheron, tout couvert de ramée (1),
Sous le faix du fagot aussi bien que des ans

(1) *Ramée*, fagots, branchages.

Gémissant et courbé, marchait à pas pesants,
Et tâchait de gagner sa chaumine enfumée.
Enfin, n'en pouvant plus d'effort et de douleur,
Il met bas son fagot, il songe à son malheur :
Quel plaisir a-t-il eu depuis qu'il est au monde ?
En est-il un plus pauvre en la machine ronde (1) ?
Point de pain quelquefois, et jamais de repos :
Sa femme, ses enfants, les soldats, les impôts,
  Le créancier et la corvée (2),
Lui font d'un malheureux la peinture achevée.
Il appelle la Mort. Elle vient sans tarder,
  Lui demande ce qu'il faut faire.
  « C'est, dit-il, afin de m'aider
A recharger ce bois ; tu ne tarderas guère. »

  Le trépas vient tout guérir ;
  Mais ne bougeons d'où nous sommes :
  PLUTÔT SOUFFRIR QUE MOURIR,
  C'est la devise des hommes.

       LA FONTAINE.

32.

LE CHÊNE ET LE ROSEAU

 Le chêne, un jour, dit au roseau :
« Vous avez bien sujet d'accuser la nature ;

---

(1) En la machine ronde, sur la terre.
(2) *Corvée*, travail que l'État ou les seigneurs exigeaient comme une redevance. Elle fut abolie en 1792.

Un roitelet pour vous est un pesant fardeau ;
    Le moindre vent qui, d'aventure,
    Fait rider la face de l'eau,
    Vous oblige à baisser la tête ;
Cependant que mon front (1), au Caucase (2) pareil,
Non content d'arrêter les rayons du soleil,
    Brave l'effort de la tempête,
Tout vous est aquilon (3), tout me semble zéphyr.
Encor (4) si vous naissiez à l'abri du feuillage
    Dont je couvre le voisinage,
    Vous n'auriez pas tant à souffrir :
    Je vous défendrais de l'orage ;
    Mais vous naissez (5) le plus souvent
Sur les humides bords des royaumes du vent.
La nature envers vous me semble bien injuste.
— Votre compassion, lui répondit l'arbuste,
Part d'un bon naturel ; mais quittez ce souci ;
Les vents me sont, à moi, moins qu'à vous redoutables :
Je plie et ne romps pas. Vous avez, jusqu'ici,
    Contre leurs coups épouvantables,
    Résisté sans courber le dos ;
Mais attendons la fin. » Comme il disait ces mots,

(1) Cependant que mon front, on dit aujourd'hui *pendant que mon front*, etc.

(2) Caucase, haute montagne située entre l'Europe et l'Asie, prise ici par comparaison.

(3) Aquilon, vent du nord ; zéphir, vent doux.

(4) Encor, pour encore. Cette suppression de l'*e* est permise en poésie.

(5) Mais vous naissez... des royaumes du vent, c'est-à-dire sur le bord des rivières où le vent se fait le plus sentir.

Du bout de l'horizon accourt avec furie
    Le plus terrible des enfants
Que le Nord eût portés jusque-là dans ses flancs (1).
    L'arbre tient bon, le roseau plie ;
    Le vent redouble ses efforts,
    Et fait si bien, qu'il déracine
Celui de qui la tête au ciel était voisine (2),
Et dont les pieds touchaient à l'empire des morts (3).

LA FONTAINE.

33.

CONSEIL TENU PAR LES RATS.

    Un chat nommé Rodilardus (4)
    Faisait des rats telle déconfiture (5),
    Que l'on n'en voyait presque plus ;
    Tant il en avait mis dedans (6) la sépulture.
Le peu qu'il en restait, n'osant quitter son trou,
Ne trouvait à manger que le quart de son soûl ;
Et Rodilard passait, chez la gent misérable (7),
    Non pour un chat, mais pour un diable.
    Or, un jour qu'au haut et au loin

(1) Le plus terrible des enfants..... dans ses flancs, c'est-à-dire le plus terrible des vents, aquilons ou borées.

(2) Ce vers est mauvais. Il faudrait : Celui *dont* la tête était voisine *du ciel*.

(3) Empire des morts, la terre où nous retournerons tous.

(4) Rodilardus, nom plaisant signifiant qui ronge le lard.

(5) Déconfiture, destruction.

(6) Dedans ne voulant pas de complément ; on dirait aujourd'hui *dans*.

(7) Gent misérable, les rats.

Le galant alla chercher femme,
Pendant tout le sabbat (1) qu'il fit avec sa dame,
Le demeurant des rats (2) tint chapitre (3) en un coin
Sur la nécessité présente.
Dès l'abord, leur doyen, personne fort prudente,
Opina qu'il fallait, et plus tôt que plus tard,
Attacher un grelot au cou de Rodilard;
Qu'ainsi, quand il irait en guerre,
De sa marche avertis, ils s'enfuiraient sous terre;
Qu'il n'y savait que ce moyen.
Chacun fut de l'avis de monsieur le doyen :
Chose ne leur parut à tous plus salutaire.
La difficulté fut d'attacher le grelot.
L'un dit : Je n'y vas point, je ne suis pas si sot;
L'autre : Je ne saurais. Si bien que sans rien faire
On se quitta. J'ai maints chapitres vus (4)
Qui pour néant se sont ainsi tenus;
Chapitres, non de rats, mais chapitres de moines,
Voire (5) chapitres de chanoines.

Ne faut-il que délibérer,
La cour en conseillers foisonne;
Est-il besoin d'exécuter,
L'on ne rencontre plus personne.

LA FONTAINE.

(1) Sabbat, la fête.
(2) Le demeurant des rats, ce qui restait des rats.
(3) Tint chapitre, tint conseil.
(4) J'ai maints chapitres vus. Ici la Fontaine a commis une faute grave; *vus* devrait être au singulier, comme se rapportant à *J'*. C'est comme s'il y avait : J'ai vu maints chapitres.
(5) Voire, vieux mot signifiant même.

34.

LE LION ET LE MOUCHERON.

« Va-t'en, chétif insecte, excrément de la terre ! »
C'est en ces mots que le lion
Parlait un jour au moucheron.
L'autre lui déclara la guerre.
« Penses-tu, lui dit-il, que ton titre de roi
Me fasse peur ni me soucie ?
Un bœuf est plus puissant que toi ;
Je le mène à ma fantaisie. »
A peine il achevait ces mots,
Que lui-même il sonna la charge,
Fut le trompette et le héros.
Dans l'abord il se met au large,
Puis prend son temps, fond sur le cou
Du lion, qu'il rend presque fou.
Le quadrupède écume, et son œil étincelle ;
Il rugit. On se cache, on tremble à l'environ ;
Et cette alarme universelle
Est l'ouvrage d'un moucheron.
Un avorton de mouche en cent lieux le harcelle,
Tantôt pique l'échine, et tantôt le museau,
Tantôt entre au fond du naseau.
La rage alors se trouve à son faîte montée.
L'invisible ennemi triomphe, et rit de voir
Qu'il n'est griffe ni dent en la bête irritée
Qui de la mettre en sang ne fasse son devoir.
Le malheureux lion se déchire lui-même,

Fait résonner sa queue alentour (1) de ses flancs,
Bat l'air, qui n'en peut mais (2) ; et sa fureur extrême
Le fatigue, l'abat ; le voilà sur les dents.
L'insecte du combat se retire avec gloire :
Comme il sonna la charge, il sonne la victoire,
Va partout l'annoncer, et rencontre en chemin
    L'embuscade d'une araignée :
    Il y rencontre aussi sa fin.

Quelle chose par là nous peut être enseignée ?
J'en vois deux, dont l'une est qu'entre nos ennemis
Les plus à craindre sont souvent les plus petits ;
L'autre, qu'aux grands périls tel a pu se soustraire,
    Qui périt pour la moindre affaire.
                    LA FONTAINE.

35.

LE LIÈVRE ET LES GRENOUILLES.

    Un lièvre en son gîte songeait.
(Car que faire en un gîte, à moins que l'on ne songe ?)
Dans un profond ennui ce lièvre se plongeait :
Cet animal est triste, et la crainte le ronge.
    « Les gens de naturel peureux
    Sont, disait-il, bien malheureux !
Ils ne sauraient manger morceau qui leur profite ;

(1) Alentour. Ce mot rejetant tout complément, il faudrait dire *autour*.
(2) Qui n'en peut mais : qui n'en est pas la cause.

Jamais un plaisir pur ; toujours assauts divers.
Voilà comme je vis : cette crainte maudite
M'empêche de dormir sinon les yeux ouverts.
Corrigez-vous, dira quelque sage cervelle.
    Eh ! la peur se corrige-t-elle ?
    Je crois même qu'en bonne foi
      Les hommes ont peur comme moi. »
      Ainsi raisonnait notre lièvre,
    Et cependant faisait (1) le guet.
    Il était douteux (2), inquiet :
Un souffle, une ombre, un rien, tout lui donnait la fièvre.
    Le mélancolique animal,
    En rêvant à cette matière,
Entend un léger bruit : ce lui fut un signal
    Pour s'enfuir devers (3) sa tanière.
Il s'en alla passer sur le bord d'un étang.
Grenouilles aussitôt de sauter dans les ondes,
Grenouilles de rentrer en leurs grottes profondes.
    « Oh ! dit-il, j'en fais faire autant
    Qu'on m'en fait faire ! Ma présence
Effraie aussi les gens ! je mets l'alarme au camp !
    Et d'où me vient cette vaillance ?
Comment ! des animaux qui tremblent devant moi !
    Je suis donc un foudre de guerre ! »

Il n'est, je le vois bien, si poltron sur la terre
Qui ne puisse trouver un plus poltron que soi.

LA FONTAINE.

(1) Et cependant faisait le guet. Faisait n'a pas ici de sujet.
Il faudrait et cependant il faisait le guet.
  (2) Douteux, craintif.
  (3) Devers, vieux mot mis pour vers.

36.

LE RENARD ET LE BOUC.

Capitaine renard allait de compagnie
Avec son ami bouc, des plus haut encornés.
Celui-ci ne voyait pas plus loin que son nez (1);
L'autre était passé maître en fait de tromperie.
La soif les obligea de descendre en un puits.
    Là, chacun d'eux se désaltère.
Après qu'abondamment tous deux en eurent pris,
Le renard dit au bouc : « Que ferons-nous, compère?
Ce n'est pas tout de boire, il faut sortir d'ici.
Lève tes pieds en haut, et les cornes aussi;
Mets-les contre le mur; le long de ton échine
    Je grimperai premièrement;
    Puis sur les cornes m'élevant,
    A l'aide de cette machine,
    De ce lieu-ci je sortirai;
    Après quoi je t'en tirerai.
— Par ma barbe (2)! dit l'autre, il est bon (3); et je loue
    Les gens bien sensés comme toi;
    Je n'aurais jamais, quant à moi,
    Trouvé ce secret, je l'avoue. »
Le renard sort du puits, laisse son compagnon

(1) Ne voyait pas plus loin que son nez, cette expression est devenue proverbe.
(2) Par ma barbe! serment plaisant, quand on songe à celui qui le fait.
(3) Il est bon, sous-entendu *ton avis*.

Et vous lui fait un beau sermon
Pour l'exhorter à patience.
« Si le ciel t'eût, dit-il, donné par excellence
Autant de jugement que de barbe au menton,
   Tu n'aurais pas à la légère
Descendu dans ce puits. Or, adieu ; j'en suis hors (1) ;
Tâche de t'en tirer et fais tous tes efforts ;
   Car, pour moi, j'ai certaine affaire
Qui ne me permet pas d'arrêter en chemin. »
En toute chose il faut considérer la fin (2).

La Fontaine.

37.
LE COCHE ET LA MOUCHE.

Dans un chemin montant, sablonneux, malaisé,
Et de tous les côtés au soleil exposé,
   Six forts chevaux tiraient un coche (3).
Femmes, moines, vieillards, tout était descendu.
L'attelage suait, soufflait, était rendu.
Une mouche survient, et des chevaux s'approche,
Prétend les animer par son bourdonnement,
Pique l'un, pique l'autre, et pense à tout moment
   Qu'elle fait aller la machine.

(1) Hors. Il faudrait *dehors* ; hors, étant une préposition, exige un complément.
(2) En toute chose il faut considérer la fin, vers passé à l'état de proverbe.
(3) *Coche*, chariot dont on se servait autrefois pour voyager.

S'assied sur le timon, sur le nez du cocher,
    Aussitôt que le char chemine,
    Et qu'elle voit les gens marcher,
Elle s'en attribue uniquement la gloire,
Va, vient, fait l'empressée : Il semble que ce soit
Un sergent de bataille allant en chaque endroit
Faire avancer ses gens et hâter la victoire.
    La mouche, en ce commun besoin,
Se plaint qu'elle agit seule, et qu'elle a tout le soin,
Qu'aucun n'aide aux chevaux à se tirer d'affaire.
    Le moine disait son bréviaire ;
Il prenait bien son temps ! Une femme chantait :
C'était bien de chansons qu'alors il s'agissait !
Dame mouche s'en va chanter à leurs oreilles,
    Et fait cent sottises pareilles.
Après bien du travail, le coche arrive au haut.
« Respirons maintenant, dit la mouche aussitôt :
J'ai tant fait, que nos gens sont enfin dans la plaine.
Çà, messieurs les chevaux, payez-moi de ma peine. »

Ainsi certaines gens, faisant les empressés,
    S'introduisent dans les affaires ;
    Ils font partout les nécessaires,
Et, partout importuns, devraient être chassés.
                                    LA FONTAINE.

38.

LA LAITIÈRE ET LE POT AU LAIT.

Perrette, sur sa tête ayant un pot au lait,
    Bien posé sur un coussinet,
Prétendait arriver sans encombre (1) à la ville;
Légère et court vêtue, elle allait à grands pas,
Ayant mis ce jour-là, pour être plus agile,
    Cotillon simple et souliers plats.
    Notre laitière, ainsi troussée,
    Comptait déjà dans sa pensée
Tout le prix de son lait, en employait l'argent,
Achetait un cent d'œufs, faisait triple couvée;
La chose allait à bien par son soin diligent.
    « Il m'est, disait-elle, facile
D'élever des poulets autour de ma maison;
    Le renard sera bien habile,
S'il ne m'en laisse assez pour avoir un cochon.
Le porc à s'engraisser coûtera peu de son;
Il était, quand je l'eus (2), de grosseur raisonnable;
J'aurai, le revendant, de l'argent bel et bon,
Et qui m'empêchera de mettre en notre étable,
Vu le prix dont il est (3), une vache et son veau,
Que je verrai sauter au milieu du troupeau? »
Perrette là-dessus saute aussi, transportée.

(1) Sans encombre, sans accident fâcheux.
  (2) Perrette dit : *Quand je l'eus*, parce que, dans son contentement, elle se figure déjà l'avoir.
  (3) Prix, elle le voit déjà engraissé et bon à vendre.

Le lait tombe ; adieu veau, vache, cochon, couvée.
La dame de ces biens, quittant d'un œil marri (1)
    Sa fortune ainsi répandue,
    Va s'excuser à son mari,
    En grand danger d'être battue,
    Le récit en farce en fut fait ;
    On l'appela le *Pot au lait*.

    Quel esprit ne bat la campagne ?
    Qui ne fait châteaux en Espagne (2) ?
Quand je suis seul, je fais au plus brave un défi ;
Je m'écarte, je vais détrôner le sophi (3) ;
    On m'élit roi, mon peuple m'aime ;
Les diadèmes vont sur ma tête pleuvant :
Quelque accident fait-il que je rentre en moi-même,
    Je suis Gros-Jean comme devant (4).

LA FONTAINE.

39.

L'ENFANT ET LE MIROIR

Un enfant élevé dans un pauvre village
Revint chez ses parents et fut surpris d'y voir
    Un miroir.
    D'abord il aime son image ;

(1) *Marri*, triste, affligé.
(2) *Qui ne fait châteaux en Espagne*, c'est-à-dire qui ne fait des projets chimériques.
(3) *Sophi*, roi de Perse.
(4) *Comme devant*, il faudrait comme *auparavant*.

Et puis, par un travers bien digne d'un enfant,
    Et même d'un être plus grand,
    Il veut outrager ce qu'il aime,
Lui fait une grimace, et le miroir la rend.
    Alors son dépit est extrême;
    Il lui montre un poing menaçant :
    Il se voit menacé de même.
Notre marmot fâché s'en vient en frémissant
    Battre cette image insolente;
Il se fait mal aux mains; sa colère en augmente,
    Et furieux, au désespoir,
    Le voilà devant ce miroir,
    Criant, pleurant, frappant la glace.
Sa mère, qui survient, le console, l'embrasse,
    Tarit ses pleurs et doucement lui dit :
« N'as-tu pas commencé par faire la grimace
A ce méchant enfant qui cause ton dépit?
— Oui. — Regarde à présent : tu souris, il sourit ;
Tu tends vers lui les bras, il te les tend de même;
Tu n'es plus en colère, il ne se fâche plus.
De la société tu vois ici l'emblème :
    Le bien, le mal, nous sont rendus. »

FLORIAN.

40.

LE LOUP DEVENU BERGER.

Un loup qui commençait d'avoir petite part
    Aux brebis de son voisinage,

Crut qu'il fallait s'aider de la peau du renard (1)
    Et faire un nouveau personnage.
Il s'habille en berger, endosse un hoqueton (2),
    Fait sa houlette d'un bâton,
    Sans oublier la cornemuse.
    Pour pousser jusqu'au bout la ruse,
Il aurait volontiers écrit sur son chapeau
« C'est moi qui suis Guillot, berger de ce troupeau. »
    Sa personne étant ainsi faite,
Et ses pieds de devant posés sur sa houlette,
Guillot le sycophante (3) approche doucement.
Guillot, le vrai Guillot, étendu sur l'herbette,
    Dormait alors profondément;
Son chien dormait aussi, comme aussi sa musette.
La plupart des brebis dormaient pareillement.
    L'hypocrite les laissa faire,
Et, pour pouvoir mener vers son fort (4) les brebis,
Il voulut ajouter la parole aux habits,
    Chose qu'il croyait nécessaire.
    Mais cela gâta son affaire :
Il ne put du pasteur contrefaire la voix;
Le ton dont il parla fit retentir les bois,
    Et découvrit tout le mystère.
    Chacun se réveille à ce son,
    Les brebis, le chien, le garçon.

(1) S'aider de la peau du renard, c'est-à-dire recourir aux ruses
du renard.
(2) *Hoqueton*, sorte de casaque à l'usage des bergers.
(3) Le *sycophante*, le rusé, le trompeur.
(4) Son fort, son terrier, sa tanière.

Le pauvre loup, dans cette esclandre,
Empêché par son hoqueton,
Ne put ni fuir ni se défendre.

Toujours par quelque endroit fourbe se laisse prendre.
Quiconque est loup agisse en loup :
C'est le plus certain de beaucoup.

La Fontaine.

41

LE SAVETIER ET LE FINANCIER.

Un savetier chantait du matin jusqu'au soir;
C'était merveille de le voir,
Merveille de l'ouïr : il faisait des passages (1).
Plus content qu'aucun des sept sages.
Son voisin, au contraire, était tout cousu d'or,
Chantait peu, dormait moins encor (2) :
C'était un homme de finance.
Si, sur le point du jour, parfois il sommeillait,
Le savetier alors en chantant l'éveillait ;
Et le financier se plaignait
Que les soins de la Providence
N'eussent pas au marché fait vendre le dormir,
Comme le manger et le boire.
En son hôtel il fait venir
Le chanteur et lui dit : « Or çà, sire Grégoire,

(1) Des passages, des roulades.
(2) Encor, voyez fable 82.

Que gagnez-vous par an? — Par an ! Ma foi, monsieur,
   Dit avec un ton de rieur,
Le gaillard savetier, ce n'est point ma manière
De compter de la sorte, et je n'entasse guère
  Un jour sur l'autre : il suffit qu'à la fin
    J'attrape le bout de l'année;
    Chaque jour amène son pain.
— Eh bien ! que gagnez-vous, dites-moi, par journée?
— Tantôt plus, tantôt moins ; le mal est que toujours
(Et sans cela nos gains seraient assez honnêtes),
Le mal est que dans l'an s'entremêlent des jours
  Qu'il faut chômer; on nous ruine en fêtes;
L'une fait tort à l'autre, et monsieur le curé
De quelque nouveau saint charge toujours son prône. »
Le financier, riant de sa naïveté,
Lui dit : « Je veux vous mettre aujourd'hui sur le trône.
Prenez ces cent écus; gardez-les avec soin
    Pour vous en servir au besoin. »
Le savetier crut voir tout l'argent que la terre
    Avait, depuis plus de cent ans,
    Produit pour l'usage des gens.
Il retourne chez lui; dans sa cave il enserre
    L'argent, et sa joie à la fois.
    Plus de chant; il perdit la voix
Du moment qu'il gagna ce qui cause nos peines.
    Le sommeil quitta son logis;
    Il eut pour hôtes les soucis,
    Les soupçons, les alarmes vaines.
Tout le jour il avait l'œil au guet, et, la nuit,
    Si quelque chat faisait du bruit,

Le chat prenait l'argent. A la fin, le pauvre homme
S'en courut chez celui qu'il ne réveillait plus.
« Rendez-moi, lui dit-il, mes chansons et mon somme,
    Et reprenez vos cent écus. »

LA FONTAINE.

42.

LE LIÈVRE ET LA TORTUE.

Rien ne sert de courir : il faut partir à point.
Le lièvre et la tortue en sont un témoignage.
« Gageons, dit celle-ci, que vous n'atteindrez point
Sitôt que moi ce but. — Sitôt ! êtes-vous sage ?
    Repartit l'animal léger :
    Ma commère, il vous faut purger
    Avec quatre grains d'ellébore (1).
    — Sage ou non, je parie encore. »
    Ainsi fut fait, et de tous deux
    On mit près du but les enjeux :
    Savoir quoi, ce n'est pas l'affaire,
    Ni de quel juge l'on convint.
Notre lièvre n'avait que quatre pas à faire ;
J'entends de ceux qu'il fait lorsque, près d'être atteint,
Il s'éloigne des chiens, les renvoie aux calendes (2),

(1) *Ellébore*, herbe à laquelle les anciens attribuaient la propriété de guérir de la folie.

(2) Aux calendes, il faudrait *aux calendes grecques*, c'est-à-dire à une époque qui ne viendra jamais ; car les Grecs n'avaient pas de calendes dans leur calendrier. Chez les Romains, les calendes étaient le premier jour de chaque mois.

Et leur fait arpenter les landes,
Ayant, dis-je, du temps de reste pour brouter,
Pour dormir, et pour écouter
D'où vient le vent, il laisse la tortue
Aller son train de sénateur (1).
Elle part, elle s'évertue,
Elle se hâte avec lenteur (2).
Lui cependant méprise une telle victoire,
Tient la gageure à peu de gloire,
Croit qu'il y va de son honneur
De partir tard. Il broute, il se repose;
Il s'amuse à toute autre chose
Qu'à la gageure. A la fin, quand il vit
Que l'autre touchait presque au bout de la carrière,
Il partit comme un trait; mais les élans qu'il fit
Furent vains : la tortue arriva la première.
« Eh bien ! lui cria-t-elle, avais-je pas raison ?
De quoi vous sert votre vitesse ?
Moi l'emporter ! et que serait-ce
Si vous portiez une maison (3) ? »

— LA FONTAINE.

(1) Aller son train de sénateur, aller avec gravité et doucement.
(2) Elle se hâte avec lenteur, elle ne perd pas un seul instant.
(3) Une maison, sous-entendu *comme moi*, puisque la tortue est renfermée dans une coquille épaisse.

43.

LE MEUNIER, SON FILS ET L'ANE.

J'ai lu dans quelque endroit qu'un meunier et son fils,
L'un vieillard, l'autre enfant, non pas des plus petits,
Mais garçon de quinze ans, si j'ai bonne mémoire,
Allaient vendre leur âne un certain jour de foire.
Afin qu'il fût plus frais et de meilleur débit,
On lui lia les pieds, on vous le suspendit ;
Puis cet homme et son fils le portent comme un lustre.
Le premier qui les vit de rire s'éclata (1).
« Pauvres gens ! idiots ! couple ignorant et rustre !
Quelle farce, dit-il, vont jouer ces gens-là ?
Le plus âne des trois n'est pas celui qu'on pense. »
Le meunier, à ces mots, connaît son ignorance ;
Il met sur pied sa bête, et la fait détaler.
L'âne, qui goûtait fort l'autre façon d'aller,
Se plaint en son patois. Le meunier n'en a cure (2) ;
Il fait monter son fils, il suit ; et, d'aventure,
Passent trois bons marchands. Cet objet leur déplut.
Le plus vieux au garçon s'écria tant qu'il put :
« Oh là ! oh ! descendez, que l'on ne vous le dise (3),

(1) S'éclata, on devrait dire éclata.
(2) Cure, souci.
(3) Que l'on ne vous le dise, il faudrait qu'on vous le dise. En effet, c'est comme s'il y avait : N'attendez pas qu'on vous le dise. Toutefois il faudrait retrancher l', comme étant nulle et formant mauvaise consonnance, et ne comme n'appartenant pas à la phrase.

Jeune homme, qui menez laquais à barbe grise ;
C'était à vous de suivre, au vieillard de monter.
— Messieurs, dit le meunier, il vous faut contenter. »
L'enfant met pied à terre, et puis le vieillard monte ;
Quand trois filles passant, l'une dit : « C'est grand'honte
Qu'il faille voir ainsi clocher ce jeune fils,
Tandis que ce nigaud, comme un évêque assis,
Fait le veau sur son âne, et pense être bien sage.
— Il n'est, dit le meunier, plus de veaux à mon âge :
Passez votre chemin, la fille, et m'en croyez. »
Après maints quolibets coup sur coup renvoyés,
L'homme crut avoir tort, et mit son fils en croupe.
Au bout de trente pas une troisième troupe
Trouve encore à gloser. L'un dit : « Ces gens sont fous !
Le baudet n'en peut plus : il mourra sous leurs coups,
Eh quoi ! charger ainsi cette pauvre bourrique !
N'ont-ils point de pitié de leur vieux domestique ?
Sans doute qu'à la foire ils vont vendre sa peau.
— Parbleu ! dit le meunier, est bien fou du cerveau
Qui prétend contenter tout le monde et son père (1).
Essayons toutefois si par quelque manière
Nous en viendrons à bout. » Ils descendent tous deux,
L'âne, se prélassant, marche seul devant eux.
Un quidam (2) les rencontre, et dit : « Est-ce la mode
Que baudet aille à l'aise, et meunier s'incommode ?
Qui de l'âne ou du maître est fait pour se lasser ?

(1) Tout le monde et son père, tous les hommes et Dieu, ou les hommes et soi-même.
(2) Quidam (prononcez quidan), un homme seul.

Je conseille à ces gens de le faire enchâsser.
Ils usent leurs souliers, et conservent leur âne !
Nicolas, au rebours; car, quand il va voir Jeanne,
Il monte sur sa bête; et la chanson le dit.
Beau trio de baudets ! » Le meunier repartit:
« Je suis âne, il est vrai, j'en conviens, je l'avoue ;
Mais que dorénavant on me blâme, on me loue,
Qu'on dise quelque chose, ou qu'on ne dise rien,
J'en veux faire à ma tête. » Il le fit, et fit bien.

LA FONTAINE.

44.

L'ALOUETTE ET SES PETITS, AVEC LE MAITRE D'UN CHAMP.

Ne t'attends qu'à toi seul; c'est un commun proverbe.

Voici comme Esope le mit
En crédit :
Les alouettes font leur nid
Dans les blés, quand ils sont en herbe,
C'est-à-dire environ le temps
Que tout aime et que tout pullule (1) dans le monde,
Monstres marins au fond de l'onde,
Tigres dans les forêts, alouettes aux champs.
Une pourtant de ces dernières
Avait laissé passer la moitié d'un printemps
Sans goûter le plaisir des amours printanières.

(1) Pullule, multiplie.

A toute force enfin elle se résolut
D'imiter la nature, et d'être mère encore.
Elle bâtit un nid, pond, couve et fait éclore
A la hâte : le tout alla du mieux qu'il put.
Les blés d'alentour mûrs avant que la nitée (1)
    Se trouvât assez forte encor (2)
    Pour voler et prendre l'essor,
De mille soins divers l'alouette agitée
S'en va chercher pâture ; avertit ses enfants
D'être toujours au guet et faire sentinelle.
    « Si le possesseur de ces champs
Vient avecque (3) son fils, comme il viendra, dit-elle,
  Ecoutez bien : selon ce qu'il dira,
    Chacun de nous décampera. »
Sitôt que l'alouette eut quitté sa famille,
Le possesseur du champ vient avecque son fils.
« Ces blés sont mûrs, dit-il, allez chez nos amis
Les prier que chacun, apportant sa faucille,
Nous vienne aider demain dès la pointe du jour. »
    Notre alouette de retour
    Trouve en alarme sa couvée.
L'un commence : « Il a dit que, l'aurore levée,
L'on fît venir demain ses amis pour l'aider.
— S'il n'a dit que cela, repartit l'alouette,
Rien ne nous presse encor de changer de retraite ;
Mais c'est demain qu'il faut tout de bon écouter.

(1) Nitée, vieux mot, pour nichée.
(2) Encor. Voir fable 32.
(3) Avecque, mis pour avec. Cette licence est seulement permise
en poésie.

Cependant soyez gais, voilà de quoi manger. »
Eux repus, tout s'endort, les petits et la mère.
L'aube du jour arrive, et d'amis point du tout.
L'alouette à l'essor (1), le maître s'en vient faire
        Sa ronde ainsi qu'à l'ordinaire.
« Ces blés ne devraient pas, dit-il, être debout.
Nos amis ont grand tort; à tort qui se repose
Sur de tels paresseux, à servir ainsi lents,
        Mon fils, allez chez nos parents
        Les prier de la même chose. »
L'épouvante est au nid plus forte que jamais.
« Il a dit ses parents, mère, c'est à cette heure...
        — Non, mes enfants, dormez en paix;
        Ne bougeons de notre demeure. »
L'alouette eut raison, car personne ne vint.
Pour la troisième fois, le maître se souvint
De visiter ses blés. « Notre erreur est extrême,
Dit-il, de nous attendre à d'autres gens que nous;
Il n'est meilleur ami ni parent que soi-même.
Retenez bien cela, mon fils, et savez-vous
Ce qu'il faut faire? Il faut qu'avec notre famille
Nous prenions dès demain chacun notre faucille;
C'est là notre plus court; et nous achèverons
        Notre moisson quand nous pourrons. »
Dès lors que ce dessein fut su de l'alouette :
« C'est à ce coup qu'il faut décamper, mes enfants ! »
        Et les petits, en même temps,

(1) L'alouette à l'essor, phrase elliptique. Il faudrait *l'alouette ayant pris son essor.*

Voletants et se culbutants,
Délogèrent tous sans trompette (1)
                                    LA FONTAINE.

45.

LE SINGE QUI MONTRE LA LANTERNE MAGIQUE,

Messieurs les beaux esprits, dont la prose et les vers
Sont d'un style pompeux et toujours admirable,
Mais que l'on n'entend point, écoutez cette fable,
    Et tâchez de devenir clairs.
Un homme qui montrait la lanterne magique
    Avait un singe dont les tours
    Attiraient chez lui grand concours;
Jacqueau (c'était son nom) sur la corde élastique
    Dansait et voltigeait au mieux,
    Puis faisait le saut périlleux,
Et puis sur un cordon, sans que rien le soutienne,
    Le corps droit, fixe et d'aplomb,
    Notre Jacqueau fait tout du long
    L'exercice à la prussienne.
Un jour qu'au cabaret son maître était resté
    (C'était, je pense, un jour de fête),
    Notre singe en liberté
    Veut faire un coup de sa tête.
Il s'en va rassembler les divers animaux
    Qu'il peut rencontrer dans la ville;

(1) Délogèrent tous sans trompette, sans chanter, sans faire de bruit.

Chiens, chats, poulets, dindons, pourceaux
    Arrivent bientôt à la file.
« Entrez, entrez, messieurs, criait notre Jacqueau ;
C'est ici, c'est ici qu'un spectacle nouveau
Vous charmera gratis. Oui, messieurs, à la porte
On ne prend point d'argent ; je fais tout pour l'honneur. »
    A ces mots, chaque spectateur
    Va se placer, et l'on apporte
La lanterne magique ; on ferme les volets,
    Et par un discours fait exprès
    Jacqueau prépare l'auditoire (1).
    Ce morceau vraiment oratoire
    Fit bâiller ; mais on applaudit.
Content de son succès, notre singe saisit
    Un verre peint, qu'il met dans sa lanterne.
    Il sait comment on le gouverne,
Et crie en le poussant : « Est-il rien de pareil ?
    Messieurs, vous voyez le soleil,
    Ses rayons et toute sa gloire.
Voici présentement la lune, et puis l'histoire
    D'Adam, d'Eve et des animaux.
    Voyez, messieurs, comme ils sont beaux !
    Voyez la naissance du monde,
Voyez. » Les spectateurs, dans une nuit profonde,
Ecarquillaient leurs yeux et ne pouvaient rien voir.
    L'appartement, le mur, tout était noir.
« Ma foi, disait un chat, de toutes les merveilles
    Dont il étourdit nos oreilles

(1) L'auditoire, les spectateurs.

Le fait est que je ne vois rien;
— Ni moi non plus, disait un chien.
— Moi, disait un dindon, je vois bien quelque chose;
Mais je ne sais pour quelle cause
Je ne distingue pas très-bien.
Pendant tout ce discours, le Cicéron (1) moderne
Parlait éloquemment et ne se lassait point.
Il n'avait oublié qu'un point :
C'était d'éclairer sa lanterne.

FLORIAN.

46

LE PETIT SAVOYARD.

Poème.

CHANT PREMIER.

LE DÉPART.

« Pauvre petit (2), pars pour la France.
Que te sert mon amour? Je ne possède rien.
On vit heureux ailleurs; ici, dans la souffrance.
Pars, mon enfant; c'est pour ton bien.
Tant que mon lait put te suffire,
Tant qu'un travail utile à mes bras fut permis,

(1) Le Cicéron moderne, mis ici comme grand orateur, Cicéron était un célèbre orateur romain qui vivait au temps de Jules-César.
(2) Pauvre petit, parole d'une pauvre femme de Savoie à son petit garçon.

Heureuse et délassée en te voyant sourire,
     Jamais on n'eût osé me dire
     Renonce aux baisers de ton fils.
Mais je suis veuve; on perd sa force avec sa joie;
     Triste et malade, où recourir ici?
Où mendier pour toi? Chez des pauvres aussi !...
Laisse ta pauvre mère, enfant de la Savoie;
     Va, mon enfant, où Dieu t'envoie.
Mais, si loin que tu sois, pense au foyer absent;
Avant de le quitter, viens, qu'il nous réunisse.
Une mère bénit son fils en l'embrassant;
     Mon fils, qu'un baiser te bénisse.
     Vois-tu ce grand chêne là-bas?
Je pourrai jusque-là t'accompagner, j'espère.
Quatre ans déjà passés, j'y conduisis ton père;
     Mais lui, mon fils, ne revint pas !...
Encor, s'il était là pour guider ton enfance,
Il m'en coûterait moins de l'éloigner de moi;
Mais tu n'as pas dix ans et tu pars sans défense...
     Que je vais prier Dieu pour toi !
Que feras-tu, mon fils, si Dieu ne te seconde?
Seul parmi les méchants (car il en est au monde),
Sans ta mère, du moins, pour t'apprendre à souffrir,...
Oh! que n'ai-je du pain, mon fils, pour te nourrir!
Mais Dieu le veut ainsi; nous devons nous soumettre!
     Ne pleure pas en me quittant;
Porte au seuil des palais un visage content;
Parfois, mon souvenir t'affligera peut-être...
Pour obtenir l'aumône, il faut chanter pourtant,
Chante tant que la vie est pour toi moins amère;

Enfant, prends ta marmotte (1) et ton léger trousseau ;
Répète, en cheminant, les chansons de ta mère (2),
Quand ta mère chantait autour de ton berceau.
Si ma force première encor m'était donnée,
J'irais, te conduisant moi-même par la main ;
Mais je n'atteindrais pas la troisième journée.
Il faudrait me laisser bientôt sur ton chemin :
Et moi je veux mourir aux lieux où je suis née.
Maintenant, de ta mère entends le dernier vœu :
Souviens-toi, si tu veux que Dieu ne t'abandonne (3),
Que le seul bien du pauvre est le peu qu'on lui donne (4) ;
Prie (5), et demande au riche ; il donne au nom de Dieu.
Ton père le disait ; sois plus heureux : adieu. »
Mais le soleil tombait des montagnes prochaines (6),
Et la mère avait dit : « Il faut nous séparer. »

(1) Marmotte, quadrupède qui vit dans les montagnes et passe l'hiver en léthargie, et dont les Savoyards se servent, chez nous, pour attirer nos regards et demander une aumône.

(2) Répète les chansons de ta mère, quand la mère, etc. Cette phrase est incorrecte. Il y a double emploi de mots qu'il faudrait retrancher. On doit dire : Répète les chansons que ta mère chantait autour de ton berceau.

(3) Ne t'abandonne. Il faudrait ne t'abandonne pas.

(4) Que le seul bien, il lui donne. Cette phrase est peu claire. L'auteur a voulu dire qu'il doit recevoir avec reconnaissance ce qu'on lui donnera et ne jamais rien dérober.

(5) Prie, sous-entendu Dieu.

(6) Mais le soleil tombait des montagnes prochaines. Ce vers est très-mauvais pour deux causes : la première, parce que le soleil ne tombe pas des montagnes, mais aux montagnes ; la deuxième, parce qu'il est impossible que la mère ait pu faire partir son enfant à une heure aussi avancée. Quand la chose serait, elle serait ici invraisemblable.

Et l'enfant s'en allait à travers les grands chênes,
Se tournant (1) quelquefois, et n'osant pas pleurer.

17.

CHANT SECOND.

PARIS.

« J'ai faim ; vous qui passez, daignez me secourir,
Voyez ; la neige tombe, et la terre est glacée.
J'ai froid ; le vent se lève, et l'heure est avancée,
    Et je n'ai rien pour me couvrir.
Tandis qu'en vos palais tout flatte votre envie,
A genoux sur le seuil, j'y pleure bien souvent.
Donnez ; peu me suffit, je ne suis qu'un enfant ;
    Un petit sou me rend la vie.
On m'a dit qu'à Paris je trouverais du pain,
Plusieurs ont raconté, dans nos forêts lointaines,
Qu'ici le riche aidait le pauvre dans ses peines ;
Eh bien ! moi, je suis pauvre, et je vous tends la main ;
    Faites-moi gagner mon salaire ;
Où me faut-il courir ? dites, j'y volerai.
Ma voix tremble de froid ; eh bien ! je chanterai,
    Si mes chansons peuvent vous plaire.
    Il ne m'écoute pas, il fuit ;

(1) Se tournant, il faudrait se retournant ; car se tournant vou-
drait dire qu'il changeait de place, et qu'il était indécis s'il
devait avancer ou retourner vers sa chaumière ; ce qui n'est pas,
puisqu'il est dit qu'il *allait et n'osait pas pleurer*. Donc il marchait ;
il faut alors *se retournant*, c'est-à-dire regardant derrière lui.

Il court dans une fête (et j'en entends le bruit)
    Finir son heureuse journée,
Et moi, je vais chercher, pour y passer la nuit,
    Quelque guérite abandonnée.
Au foyer paternel quand pourrai-je m'asseoir (1) ?
    Rendez-moi ma pauvre chaumière,
Le laitage durci qu'on partageait le soir,
Et, quand la nuit tombait, l'heure de la prière,
Qui ne s'achevait pas sans laisser quelque espoir.
Ma mère, tu m'as dit, quand j'ai fui la demeure :
« Pars, grandis et prospère, et reviens près de moi. »
Hélas ! et tout petit faudra-t-il que je meure
    Sans avoir rien gagné pour toi ?
    Non, l'on ne meurt point à mon âge ;
Quelque chose me dit de reprendre courage....
Eh ! que sert d'espérer... que puis-je attendre, enfin?..»
Et, faible, sur la terre il reposait sa tête ;
Et la neige, en tombant, le couvrait à demi,
Lorsqu'une douce voix, à travers la tempête,
Vint réveiller l'enfant par le froid endormi ;
    « Qu'il vienne à nous, celui qui pleure,
Disait la voix mêlée au murmure des vents ;
    L'heure du péril est notre heure ;
    Les orphelins sont nos enfants. »
Et deux femmes en deuil (2) recueillaient sa misère,
Lui, docile et confus, se levait à leurs voix ;
Il s'étonnait d'abord ; mais il vit dans leurs doigts

(1) Au foyer paternel, etc., quand serai-je de retour chez nous ?
(2) Deux femmes en deuil, deux sœurs de Saint-Vincent de Paul.

Briller la croix d'argent au bout du long rosaire,
Et l'enfant les suivit en se signant (1) deux fois.

48.

CHANT TROISIÈME.

LE RETOUR.

Avec leurs grands sommets, leurs glaces éternelles,
Par un soleil d'été, que les Alpes (2) sont belles !
Tout dans leurs frais vallons sert à nous enchanter,
La verdure, les eaux, les bois, les fleurs nouvelles;
Seul, loin dans la vallée, un bâton à la main,
Quel est ce voyageur que l'été leur envoie ?
C'est un enfant; il marche, il suit le long chemin
Qui va de France à la Savoie (3).
Bientôt de la colline il prend l'étroit sentier :
Il a mis ce matin la bure (4) du dimanche,
Et dans son sac de toile blanche
Est un pain de froment qu'il garde tout entier.
Pourquoi tant se hâter à sa course dernière ?

(1) Se signant, faisant le signe de la croix.
(2) Alpes, grande chaîne de montagnes qui sépare la France de l'Italie.
(3) De France à la Savoie. La Savoie faisant aujourd'hui partie de l'empire français, on ne doit plus dire aller de France à la Savoie. Il semblerait qu'on va dans un pays étranger. Pour ne pas détruire ce vers, on pourrait dire *qui va de Paris en Savoie*.
(4) La bure du dimanche, les habits des fêtes. La bure est une étoffe grossière de laine.

C'est que le pauvre enfant veut gravir le coteau,
Et ne point s'arrêter qu'il n'ait vu son hameau
    Et n'ait reconnu sa chaumière.
Les voilà!.., tels encor qu'il les a vus toujours,
Ces grands bois, ce ruisseau qui fuit sur le feuillage.
Il ne se souvient plus qu'il a marché dix jours :
    Il est si près de son village!...
Tout joyeux, il arrive et regarde.... Mais quoi!
Personne ne l'attend! sa chaumière est fermée!
Pourtant du toit aigu sort un peu de fumée.
Et l'enfant, plein de trouble, « Ouvrez, dit-il, c'est moi. »
La porte cède; il entre, et sa mère attendrie,
Sa mère, qu'un long mal près du foyer retient,
Se relève à moitié, tend les bras et s'écrie :
    « N'est-ce pas mon fils qui revient? »
Son fils est dans ses bras, qui pleure et qui l'appelle,
« Je suis infirme, hélas! Dieu m'afflige, dit-elle,
Et depuis quelques jours je te l'ai fait savoir;
Car je ne voulais pas mourir sans te revoir. »
Mais lui : « De votre enfant vous étiez éloignée;
Le voilà qui revient : ayez des jours contents.
Vivez : je suis grandi, vous serez bien soignée;
    Nous sommes riches pour longtemps. »
Et les mains de l'enfant, des siennes détachées,
Jetaient sur ses genoux tout ce qu'il possédait :
Les six pièces d'argent (1) dans sa veste cachées,

(1) Six pièces d'argent, six pièces de 5 francs, c'est beaucoup pour ce pays-là) et l'enfant avait eu bien de la peine pour les ramasser sou à sou.

Et le pain de froment que pour elle il gardait.
Sa mère l'embrassait et respirait à peine,
Et son œil se fixait, de larmes obscurci,
    Sur un grand crucifix de chêne
Suspendu devant elle et par le temps noirci.
« C'est lui, je le savais, le Dieu des pauvres mères
Et des petits enfants, qui du mien a pris soin,
Lui qui me consolait quand mes plaintes amères
    Appelaient mon fils de si loin.
C'est le Christ du foyer que les mères implorent,
Qui sauve nos enfants du froid et de la faim ;
Nous gardons nos agneaux, et les loups les dévorent ;
Nos fils s'en vont tout seuls et reviennent enfin.
Toi, mon fils, maintenant me seras-tu fidèle ?
Ta pauvre mère infirme a besoin de secours,
Elle mourrait sans toi. » L'enfant, à ce discours,
Grave et joignant ses mains, tombe à genoux près d'elle,
Disant : « Que le bon Dieu vous fasse de longs jours ! »

                                        GUIRAUD.

L'OURSELLE ET LA ROUGRE.

49.

LA PATIENCE ET L'ÉDUCATION CORRIGENT
BIEN DES DÉFAUTS.

Une Ourse avait un petit Ours qui venait de naître.
Il était horriblement laid. On ne reconnaissait en lui
aucune figure d'animal : c'était une masse informe et
hideuse. L'Ourse, toute honteuse d'avoir un tel fils,

va trouver sa voisine la Corneille (1), qui faisait grand bruit par son caquet sous un arbre. « Que ferai-je, lui dit-elle, ma bonne commère, de ce petit monstre ? J'ai envie de l'étrangler. — Gardez-vous-en bien, dit la causeuse, j'ai vu d'autres Ourses dans le même embarras que vous. Allez, léchez doucement votre fils ; il sera bientôt joli, mignon et propre à vous faire honneur. » La mère crut facilement ce qu'on lui disait en faveur de son fils. Elle eut la patience de le lécher longtemps. Enfin il commença à devenir moins difforme, et elle alla remercier la Corneille en ces termes : « Si vous n'eussiez modéré mon impatience, j'aurais cruellement déchiré mon fils, qui fait maintenant tout le plaisir de ma vie. »

Oh ! que l'impatience empêche de biens et cause de maux !

FÉNELON.

50.

L'ABEILLE ET LA MOUCHE.

Un jour, une Abeille aperçut une Mouche auprès de sa ruche. « Que viens-tu faire ici ? lui dit-elle d'un ton furieux. Vraiment, c'est bien à toi, vil animal, à te mêler avec les reines de l'air ! — Tu as raison, répon-

(1) Corneille, oiseau semblable au corbeau, mais plus petit. Ici Fénelon l'a pris pour la pie, puisqu'il dit *qu'elle faisait grand bruit par son caquet.* C'est une erreur. Il y a la corneille comme il y a la pie, et c'est la pie qu'il faudrait ici ; car la corneille ne saurait faire, comme la pie, grand bruit par son caquet.

dit froidement la Mouche ; on a toujours tort de s'approcher d'une nation aussi fougueuse que la vôtre. — Rien n'est plus sage que nous, dit l'Abeille ; nous seules avons des lois et une république bien policée ; nous ne broutons que des fleurs odoriférantes ; nous ne faisons que du miel délicieux qui égale le nectar (1). Ôte-toi de ma présence, vilaine Mouche importune, qui ne fais que bourdonner et chercher la vie sur des ordures. — Nous vivons comme nous pouvons, répondit la Mouche ; la pauvreté n'est pas un vice, mais la colère en est un grand. Vous faites du miel qui est doux, mais votre cœur est toujours amer ; vous êtes sages dans vos lois, mais emportées dans votre conduite ; votre colère, qui pique vos ennemis, vous donne la mort, et votre folle cruauté vous fait plus de mal qu'à personne. »

Il vaut mieux avoir des qualités moins éclatantes avec plus de modération.

FÉNELON.

51.

LES DEUX RENARDS.

Deux Renards entrèrent la nuit par surprise dans un poulailler ; ils étranglèrent le coq, les poules et les poulets ; après ce carnage, ils apaisèrent leur faim. L'un, qui était jeune et ardent, voulait tout dévorer ; l'autre, qui était vieux et avare, voulait garder quelques

(1) Nectar, breuvage des dieux de la Fable.

provisions pour l'avenir. Le vieux disait : « Mon enfant, l'expérience m'a rendu sage ; j'ai vu bien des choses depuis que je suis au monde. Ne mangeons pas tout notre bien en un seul jour. Nous avons fait fortune ; c'est un trésor que nous avons trouvé, il faut le ménager. » Le jeune répondait : « Je veux tout manger pendant que j'y suis, et me rassasier pour huit jours ; car, pour ce qui est de revenir ici, chansons ! Il n'y sera pas bon demain : le maître, pour venger la mort de ses poules, nous assommerait. » Après cette conversation, chacun prend son parti. Le jeune mange tant, qu'il se crève et peut à peine aller mourir dans son terrier. Le vieux, qui se croit bien plus sage de modérer ses appétits et de vivre d'économie, veut le lendemain retourner à sa proie, et est assommé par le maître.

Ainsi chaque âge a ses défauts : les jeunes gens sont fougueux et insatiables dans leurs plaisirs ; les vieux sont incorrigibles dans leur avarice.

FÉNELON.

52

LE LOUP ET LE JEUNE MOUTON

Des Moutons étaient en sûreté dans leur parc ; les chiens dormaient, et le berger, à l'ombre d'un grand ormeau, jouait de la flûte avec d'autres bergers voisins. Un Loup affamé vint, par les fentes de l'enceinte, reconnaître l'état du troupeau. Un jeune Mouton sans expérience, et qui n'avait jamais rien vu, entra en conversation avec lui. « Que venez-vous chercher ici? dit-il au glouton. — L'herbe tendre et fleurie, lui répondit le Loup. Vous savez que rien n'est plus doux que de paître dans une verte prairie émaillée de fleurs pour apaiser sa faim, et d'aller éteindre sa soif dans un clair ruisseau : j'ai trouvé ici l'un et l'autre. Que faut-il davantage? J'aime la philosophie qui enseigne à se contenter de peu. — Est-il donc vrai, repartit le jeune Mouton, que vous ne mangez point la chair des animaux, et qu'un peu d'herbe vous suffit? Si cela est, vivons comme frères et paissons ensemble. » Aussitôt le Mouton sortit du parc dans la prairie, où le sobre philosophe le mit en pièces et l'avala.

Défiez-vous des belles paroles des gens qui se vantent d'être vertueux. Jugez-en par leurs actions et non par leurs discours.

FÉNELON.

BONHEUR DE LA VIE CHAMPÊTRE.

Heureux qui, loin du bruit, sans projets, sans affaires,
Cultive de ses mains ses champs héréditaires!
La guerre et ses dangers, la mer et ses fureurs,
Les promesses des grands, leurs dédains, leurs faveurs,
Ne le troublent jamais, et jamais ne l'abusent;
Mais d'aimables travaux l'occupent et l'amusent.
Il soigne fleurs et fruits, vendanges et moissons,

S'enrichit des présents de toutes les saisons.
Oh! qu'un simple foyer, des pénates (1) tranquilles,
Valent mieux que le luxe et le fracas des villes!
Que servent nos festins avec art apprêtés,
Ces mets si délicats et ces vins si vantés?
L'orgueil en fit les frais, l'ennui les empoisonne.
J'aime un dîner frugal que la joie assaisonne;
Tout repas est festin quand l'amitié le sert,
La treille et le verger fournissent le dessert;
Pour régal, aux bons jours, la fermière voisine
Apporte en un gâteau la fleur de sa farine.
Quel plaisir lorsqu'à table, entre tous ses enfants,
Leur père, chaque soir, voit revenir des champs
Ses troupeaux bien repus, la vache nourricière,
Et l'agneau qui bondit à côté de sa mère,
Ses bœufs, à pas pesant, las et le cou baissé,
Ramenant la charrue et le soc renversé!
De jeunes serviteurs, que son toit a vus naître,
Animent la maison et bénissent leur maître:
Tous ses jours sont pareils, tous ses jours sont sereins,
Et sa porte rustique est fermée aux chagrins.

ANDRIEUX.

(1) Les pénates étaient, chez les anciens, des dieux qui présidaient aux besoins domestiques.

Rouen, Imp. MÉGARD et Cᵉ, rue Saint-Hilaire, 136.